www.jollibre.com

2016, Santillana Infantil y Juvenil, S. L. i Edicions Voramar, S. A.
València, 44. 46210 Picanya (València)
Telèfon: 96 159 43 90

ISBN: 978-84-16666-21-8
Depòsit legal: M-39.603-2015
Printed in Spain - Imprés a Espanya

Primera edició: abril de 2016

Directora de la col·lecció:
Maite Malagón
Editora executiva:
Yolanda Caja
Direcció d'art:
José Crespo i Rosa Marín
Projecte gràfic:
Marisol del Burgo, Rubén Chumillas, Julia Ortega i Álvaro Recuenco

La nina amaziga

La història de la veritable Ventafocs

Gemma Pasqual i Escrivà

Il·lustracions d'Álex Herrerías

jollibre

A totes les petites bonnes *de tot el món, d'ahir i d'avui, i en especial a moltes de les nostres mares i àvies que ací, al nostre país, «les van posar en amo» i van fer de criades de petites.*

«Tots els xiquets i xiquetes, sense distinció de raça, idioma o religió, tenen dret a escoltar els contes més bonics de totes les tradicions orals dels pobles, especialment aquells que estimulen la seua imaginació i la seua capacitat crítica.»

Article 1 de la Declaració dels Drets de l'Infant a Escoltar Contes

La meua xiqueta és l'ama
del corral i del carrer,
de la figuera i la parra,
i la flor del taronger.

Cançó popular de bressol

«Les penes no duren,
tal com s'esvaneixen els goigs,
les penes s'esfumen.»

Xahrazad, *Les mil i una nits*

Per traure profit de les vivències dels avantpassats, cal escoltar-les i reflexionar-hi. Glòria sia donada a qui va fer que les experiències dels nostres predecessors foren un alliçonament per als seus descendents! Les històries de les «Mil i una nits», amb tots els fets extraordinaris i dites que contenen, en són un exemple clar.

La bella Xahrazad, culta i intel·ligent, va saber captivar el soldà Xahriar amb el seu do de contar històries, que s'allargaven tota la nit. A l'alba interrompia el relat, que el rei li pregava de reprendre la nit següent. Al cap de mil i una nits, va aplegar les històries més diverses i meravelloses que s'hagen explicat mai...

1

Temps era temps, en una ciutat hi havia tres germanes, filles del mateix pare però no de la mateixa mare, que vivien juntes filant lli per guanyar-se la vida. I les tres eren com llunes, però la més menuda era la més bella i la més dolça i la més encantadora i la més destra de mans, ja que ella sola filava més que les seues dues germanes juntes, i el que filava estava molt ben fet. I això era l'enveja de les altres germanes...

18 No havia sigut mai la xica de ningú, ni l'ama del corral, ni del carrer, ni de la figuera, ni de la parra, ni tan sols de la flor del taronger. Tampoc havia anat mai a escola. En un remot lloc on la vida no és tan diferent del que era fa un segle o dos, enmig d'ovelles belant, sense electricitat, ni aigua corrent, semblava no tenir massa sentit aprendre a llegir i a escriure.

Tampoc havia anat mai enlloc, ni ho trobava a faltar. El paradís és l'Atles Mitjà, la llar del meu poble amazic. Les nostres cases pengen dels vessants de les muntanyes destacant amb els seus colors ocres sobre el verd dels camps de conreu. I el nostre sostre és la part alta dels cims nevats del Gran Atles.

Vivia amb la dona del meu pare i els meus germans, que no eren de la mateixa mare, una xiqueta, dos xiquets xicotets i un bebé. Ma mare va morir quan jo era molt menuda, només em queda d'ella el seu somriure enganxat als meus llavis i una fotografia, que li van fer uns turistes una vegada que van venir al poble.

Veia poc el pare, al poble hi havia pocs homes. La vida de les dones era dura, es quedaven soles a casa amb els fills, les terres i els animals al seu càrrec mentre el homes eren a la ciutat a treballar. Només s'estaven amb nosaltres si fa no fa uns quatre mesos. Alguns que fins i tot eren a l'estranger, ni això. Jo no sabia si el meu pare era en un lloc o en un altre, feia molt de temps que no en teníem cap notícia.

Teníem una bona casa, molt antiga. S'obria al silenci i a la foscor mitjançant una imponent porta de fusta massissa. Només uns fils de llum s'escolaven a través de les reixes de ferro forjat de les finestres.

La planta baixa albergava la mula i l'habitació de dalt, les ovelles i els corders. Féiem vida al primer pis per poder aprofitar la calor dels animals. Al voltant del pati ampli i assolellat hi havia la cuina, un graner i tres habitacions.

L'habitació de convidats era la més bonica. Era totalment coberta d'estores de llana de colors roig i groc que havia teixit la dona del meu pare i sobre les quals hi havia coixins. També hi havia una taula redona amb un joc de te i un ram amb flors silvestres que jo mateixa collia cada matí, hi haguera convidats o no.

Al voltant de la casa teníem un gran espai limitat per diferents línies de figueres paleres a manera de tanques, que incloïa l'era on batíem el blat amb la mula i dos pallers, que era el nostre lloc preferit de jocs.

Un dia, en arribar a casa carregada amb un feix enorme d'herba a coll, vaig veure una camioneta desgavellada aparcada a la porta de casa envoltada d'un munt de xiquets i xiquetes.

—Aïxa! Tenim visita! —em va dir la meua germanastra Hasna en veure'm, i va obrir desmesuradament els seus ulls grans i redons. Després em va dedicar la més amable de les seues ganyotes.

Vaig entrar dins i em vaig aturar en sec en veure una desconeguda asseguda en una de les estores de colors llampants, davant una petita taula amb galetes d'ordi, coques de farina, mel, mantega, amlou, que és una pasta d'ametla i oli d'argània acompanyat de te a la menta. Amb ella seia la Nora, la dona del meu pare. Era molt expressiva en els seus moviments suaus i una veu ferma però mesurada.

Els xiquets feien tombarelles per les estores mentre aquelles dues dones conversaven i decidien el meu futur.

Em vaig col·locar davant les dones amb les mans a l'esquena i les vaig contemplar silenciosament. En veure'm van callar. La Hasna, que era una xiqueta molt espavilada, em va agafar la mà i se'm va endur cap a fora.

—Necessitem aigua per al cuscús!

El pou estava a l'altra banda del riu. Ens vam descalçar i el vam creuar com féiem sempre, però aquella vegada em semblava tot diferent, em recreava en cada cosa que hi feia com si fóra l'última vegada.

Vaig veure un xiquet creuar el riu dalt d'un burret amb dues xiquetes cridant al seu darrere. Els veia feliços. Els meus llavis van somriure, però els meus ulls no els van voler acompanyar.

A poc a poc es va fer fosc. Les dues dones em van convidar a sopar amb elles. Era estrany, jo sempre menjava en companyia dels xiquets quan acabaven els grans, però semblava que aquell era un dia especial. Jo no tenia cap pressa per saber què em volien explicar. El cor em deia que no eren bones notícies, i les males notícies, com més tarden a saber-se, millor.

Vam sopar callades. Féiem boletes de sémola entre els dits que barrejàvem amb verdura i pollastre. Ho vam acompanyar amb un bon pitxer de llet agra. Per postres, una mica de meló d'Alger i te dolç. La dona, que vaig saber que es deia Fàtima, va eixir fora i jo em vaig quedar amb la Nora.

—Has d'anar amb la senyora Fàtima a Marràqueix. El teu pare ho ha arreglat tot perquè treballes en una bona casa.

Em van venir moltes ganes de plorar.

—No et poses trista, és millor així. Jo sola no tinc per a alimentar-vos a tots i comprar-vos roba. Ton pare fa temps que no ens envia diners. A més, ací al poble no tens res a fer, perquè no hi ha cap escola, mentre que a ciutat pots aprendre a cuidar bé d'una casa, que és el que ha de saber una dona, i damunt ens pagaran. Allà la vida és molt millor i podràs comprar-te coses boniques. Sempre ens podrem veure a les festes!

I no em van passar les ganes de plorar amargament, i plena de pesar sanglotava mirant el cel, que estava més estrellat que mai. No l'havia vist mai amb la intensitat amb què el vaig observar aquella nit, asseguda damunt una muntanyeta d'arena al costat de la casa, ni un sol núvol, era un cel immens que coronava l'Atles.

2

Un dia va anar al soc i amb els diners que havia estalviat de la venda del seu lli es va comprar un gerro petit d'alabastre, que era del seu gust, per tal de tenir-lo davant amb una flor dins quan filara el lli. Però, així que va tornar a casa amb el seu gerro a la mà, les seues germanes es van burlar d'ella i de la seua compra, titlant-la de malbaratadora i d'extravagant. I molt commoguda i molt avergonyida, no va saber ella què dir, i per consolar-se va agafar una rosa i la va posar al gerro. I va seure davant del seu gerro i davant la rosa i es va posar a filar el lli...

26 Em vaig despertar enjorn i vaig esmorzar callada. En eixir al pati, ja m'esperava la senyora Fàtima. Vaig sostenir la mirada inquisidora sense desviar els ulls d'aquella dona.

—No vull anar amb tu!

—Què has dit? —va exclamar amb enuig. Però de seguida va rectificar, afegint en to molt amable—: Tu no ho has entés bé, Aïxa. Vine amb mi i veuràs que bé que viuràs.

—Que no vaig! —vaig exclamar amb més fermesa.

—Però, no sigues tossuda! No ho has sentit? Ta mare està conforme que vingues amb mi i cal que faces que no s'enfade.

—Ella no és ma mare, és la dona del meu pare!

I de colp em vaig adonar que la casa estava buida, que ningú s'havia quedat per acomiadar-me, ni la dona del meu pare, ni els meus germanastres. Vaig sentir una pena molt fonda.

—Tu no saps com és de bonica la ciutat de Marràqueix i quantes coses belles veuràs allà. I si no t'agrada, pots tornar!

—Puc tornar quan vulga? Aquesta mateixa nit? —vaig preguntar innocent.

—Ja t'ho he dit, pots tornar quan vulgues.

La senyora Fàtima va agafar el farcellet de roba amb les meues poques pertinences. L'havia fet la Nora, hi havia posat un mocador, un caftà i uns pantalons. Jo vaig afegir a la bossa una capseta de fusta on vaig posar una pedreta verda que vaig agafar aquell matí del pati i una polsera de boles que vaig trobar un dia al carrer.

Anava vestida amb la meua roba preferida, tota de lila, i m'havia calçat amb el meu únic parell de babutxes. A la butxaca, la foto de ma mare. Em feia mal, no volia anar-me'n. La senyora Fàtima va agafar les meues coses amb una mà i a mi per l'altra i em va conduir fins a la camioneta desgavellada.

—Em puc acomiadar dels meus amics? —vaig demanar.

—No, no, no pot ser, perquè es fa tard —va procurar tranquil·litzar-me—. Ja veuràs com no vols marxar de Marràqueix. Però, si de tota manera desitges tornar, ho podràs fer de seguida i a més podràs comprar regals per a la teua família i els teus amics.

Això em va animar una miqueta i vaig pujar a la camioneta sense oposar cap resistència al viatge.

La senyora Fàtima va arrancar de seguida alçant una gran polseguera. Els xiquets del poble ens van seguir corrent darrere. Ella va xafar l'accelerador i va anar més de pressa amb l'esperança que desistiren de perseguir-nos. La ràbia i la impotència em van travessar el cor. Seia al seu costat, no me'n volia anar. M'acomiadava amb la mà amb llàgrimes als ulls, un munt de records al cor i la foto de ma mare a la butxaca. Els xiquets i el poble anaven fent-se petits a mesura que m'allunyava, fins que van desaparéixer.

3

I vet ací que el gerro d'alabastre que havia comprat la jove filadora era un gerro màgic. I quan la seua propietària volia menjar, ell li proporcionava viandes delicioses, i quan ella volia vestir-se, ell la satisfeia. Però la jove, temorosa que li tingueren més enveja encara les seues germanes, que no eren de la mateixa mare, es va guardar bé de revelar les virtuts del seu gerro d'alabastre. I en presència d'elles aparentava que vivia com elles i vestia com elles, i encara més modestament...

La primera vegada que vaig pujar en una camioneta, m'allunyava del meu poble, un llogaret perfectament integrat en el paisatge de cases senzilles de fang i palla molt fina que aconseguia que es mimetitzara amb el sòl del turó on s'assentava. El fum fugint de les xemeneies de roca i les portes fetes amb el metall de bidons de gasolina desballestats, estaven sempre obertes.

Amb un nuc a l'estómac i aclaparada mirava per la finestreta amb uns ulls com unes taronges les muntanyes de l'Atles. La carretera era estreta amb un tel d'asfalt, inexistent en algun tram. En una de les revoltes vaig veure un rierol que es desplegava al fons del vessant.

Mentre el sol polia el camp amb els raigs del capvespre, una dona gran i una xiqueta pasturaven un gran ramat d'ovelles. La dona ens va mirar amb curiositat i ens va saludar alçant la mà amb un somriure forçat. Li faltaven quatre dents a la seua ganyota. Tímidament, la xiqueta també va somriure.

Jo els vaig dir adéu amb la maneta. Estaven dretes juntes, mirant la furgoneta. Les figures es feien cada vegada més i més menudes fins que també van desaparéixer en la revolta següent, com el poble, els amics, la família, ma casa i la meua vida.

Van passar hores. Travessàvem valls i muntanyes, boscos altíssims. Només un vehicle es va encreuar amb nosaltres, un petit camió que havia sigut modificat per funcionar com un taxi de dos pisos amb almenys catorze homes atapeïts a les tarimes de seients a la part posterior.

A mesura que ens anàvem acostant a Marràqueix, el trànsit es va intensificar d'un manera exagerada i vaig veure per primera vegada una espècie per a mi fins aleshores quasi desconeguda: els turistes, el principal perill de les nostres carreteres, fent fotos, deixant el cotxe abandonat en qualsevol lloc, i vaig pensar que potser un d'aquests era el que va fer la fotografia a ma mare, aquesta fotografia que sempre m'acompanya i que mai deixe de mirar.

4

Però, quan eixien les seues germanes, es tancava completament sola a la seua habitació, posava davant d'ella el seu gerro d'alabastre, l'acariciava dolçament, i li deia:

—Oh gerro meu! Oh gerro meu! Avui vull tal cosa!

I a l'instant el gerro d'alabastre li proporcionava els vestits més bonics i les llepolies més bones que mai havia tastat. Després, el gerro d'alabastre ho feia desaparéixer tot. I la jove l'agafava de nou, i anava a filar el seu lli en companyia de les germanes, posant-se davant el gerro amb la seua rosa. I de tal manera va viure un temps, pobra davant les seues envejoses germanes i rica davant si mateixa...

El viatge va durar moltes hores. Vam trobar per la carretera venedors de figures de fang, de tagins, timbals, melons, figues de pala... I de sobte i sense avisar la carretera es va tornar un caos, una amalgama de cotxes, motos on anaven quatre persones, alguns muntant un burro, i homes, dones i xiquets travessant el carrer sense mirar.

Havíem arribat a la nostra destinació, Marràqueix, una de les més prestigioses i emblemàtiques capitals de l'antic imperi marroquí. Aquesta és la ciutat de *Les mil i una nits*, un lloc mític, ciutat camaleònica, majestuosa i brillant, que ha sigut batejada com «La perla del sud».

La camioneta es va endinsar pels carrerons d'uns edificis rojos. Als balcons, menjats pel rovell, hi havia estesa roba acolorida, llençols i estores. Hi havia molta gent al carrer. Uns prenien la fresca, els xiquets jugaven a futbol en un improvisat camp. Les portes i finestres de les cases eren obertes, les dones parlaven entre elles i miraven amb curiositat les nouvingudes.

La ciutat era gran, la casa també ho era. En entrar-hi i pujar l'estreta escala de caragol, el primer que vaig trobar va ser el saló. Una habitació gran i rectangular, acomodada amb sofàs, sense respatler, adornats amb nombrosos coixins molt bonics.

Al centre destacava una taula redona de fusta de tuia. Al moble del televisor, un petit gerro de vidre, tapets d'encaix i fotos de la família. Alguns quadres adornaven les parets amb reproduccions de boscos.

La senyora Najoua es va alçar del seient amb gestos lents i dignes i es va aproximar a examinar-me. Pel que semblava, el meu aspecte no va ser del seu grat.

—Com et dius? —em va preguntar després de contemplar-me una llarga estona. Jo tampoc li treia els ulls de sobre, no comprenia res del que em deia.

—Aïxa —va respondre la senyora Fàtima.

—Això no és el que havíem convingut! Com has pogut portar-me aquesta xiqueta? —va exclamar la senyora Najoua al cap de breus minuts durant els quals tractava d'asserenar-se—. La veig molt menuda i a més a més no m'entén!

Però la senyora Fàtima no es va deixar atabalar fàcilment i va respondre resolta:

—Si la senyora m'ho permet, li diré que Aïxa és precisament la xiqueta que desitjava. Si no recorde malament les seues paraules, vosté va dir que volia una xiqueta forta i que sabera fer les faenes de la casa, sense queixar-se. Doncs ací la té. Ara cal que me'n vaja, tinc moltes coses a fer.

I dit això, va eixir disparada per la porta. Aquella senyora la va seguir molt nerviosa.

Jo em vaig quedar allí palplantada, paralitzada sense saber què fer. Vaig veure com una xiqueta molt ben vestida i més gran que jo m'observava silenciosament.

—Vine ací, no has de témer res. Em dic Zahra —i em va fer un senyal perquè m'acostara.

—Ets una *petite poupée*! Una nineta! Tota de color lila! Quina gràcia!

En aquell moment va tornar la senyora Najoua, que no havia pogut atrapar la senyora Fàtima. Estava agitada i enfadada.

—A aquesta xiqueta li falta tot, tot!

Quan es va calmar, va començar a explicar-me què havia de fer. Jo la mirava i la mirava sense entendre ni un borrall.

Però no em va costar molt comprendre la situació. Jo era una *petite bonne*, una criada. Ja n'havia sentit a parlar a altres xiquetes del poble. La dona del meu pare m'havia donat a aquestes dones per a servir-les. No era cert que tornaria al poble quan jo volguera.

La senyora Najoua seguia parlant i parlant, recitava una infinitat de regles de conducta en alçar-se, anar a dormir, sobre la manera d'entrar i eixir, el bon ordre de les coses, mantenir tancades les portes.

Eren moltes les advertències. Jo no sabia què em deia aquella dona que parlava una llengua estranya, només sentia una cantarella que anava ensopint-me. Finalment no vaig poder més i vaig caure rendida, em vaig adormir allí mateix, dreta, portava alçada feia moltes hores i havia fet un viatge molt llarg.

Quan per fi la senyora Najoua va donar per acabada la seua llarga explicació, va afegir:

—Recorda-ho bé tot, Aïxa! Ho has comprés bé?

—La *petite poupée* fa molta estona que s'ha adormit —va exclamar la Zahra, somrient.

Estava contenta perquè havia trobat una companya de jocs, o més ben dit, un nou joguet.

—Aquesta criatura és increïble! —va exclamar la senyora, molt enutjada.

I jo les sentia molt lluny des del meu món dels somnis, però no entenia res perquè jo només parlava amazic i la senyora, àrab i francés amb la Zahra.

5

Un dia, entre els dies, el rei de la ciutat, amb motiu del seu aniversari, va donar al seu palau grans festes, a les quals van ser convidats tots els habitants. Les tres joves també hi van ser convidades. I les dues germanes majors es van empolainar amb el millor que tenien.

—Tu et quedaràs per a guardar la casa! —van dir a la seua germana menuda.

Però, quan van marxar elles, la jove va anar a la seua habitació i va dir al seu gerro d'alabastre:

—Oh gerro meu! Aquesta nit vull de tu un vestit de seda verd, tot d'allò més ric i més bonic que tingues, i bells anells per als meus dits, i polseres de turqueses per als meus canells, i polseres de diamants per als meus turmells. I dóna'm també tot el necessari perquè jo estiga resplendent a palau...

Em vaig despertar molt enjorn. Estava acostumada a alçar-me amb la llum de l'aurora. Em va fer posar els pèls de punta sentir una veu que semblava que cantava una melodia pausada i bonica. Era el muetzí, que cridava a la primera oració del dia.

Crec que eren les cinc del matí, encara de nit. Tot el que m'envoltava era estrany. Em vaig fregar amb força els ulls, vaig mirar de nou i vaig comprovar que el que havia vist era real. Estava asseguda en un llit blanc, en una habitació per a mi sola. Tot i que no era molt gran, em va semblar el desert. Llargues i blanques cortines deixaven passar la llum procedent de les finestres.

De sobte vaig recordar que era a Marràqueix. Vaig botar del llit i em vaig arreglar en un tres i no res. Era encara molt d'hora. La casa estava en silenci.

Em trobava com un ocellet tancat per primera vegada en una bella gàbia d'or, volava amunt i avall, tractant de travessar cada un dels barrots de la meua presó, anava d'una finestra a una altra, intentant obrir per veure el sol, l'herba verda, les muntanyes i, en fi, tot allò que tant m'agradava contemplar.

Tot i que vaig estirar, vaig colpejar i vaig tractar d'introduir els dits en cada escletxa, les finestres continuaven tancades hermèticament. Quan vaig veure que tots els meus esforços eren inútils, vaig renunciar a obrir-les. El millor era eixir fora.

Just en aquell moment va venir la senyora Najoua, sense que jo poguera posar en marxa el meu pla de fuga.

La senyora Najoua no era l'ama de la casa, estava des de feia molts anys al servei d'aquella família. Havia entrat a la casa arran de la mort de la mare de la Zahra. El pare, que sempre estava de viatge, no havia imposat més que una condició, que la seua filla intervinguera en tots els assumptes i que no es fera res contra els seus desitjos i així va ser com va convertir la Zahra en una xiqueta consentida i malcriada.

—Prepara el desdejuni!

Aquella dona encara no havia comprés que jo no entenia el seu idioma. Ella cridava i cridava com si, alçant més el diapasó, més intel·ligible es fera per a mi. Ben al contrari, perquè m'atabalava i ja no feia res al dret.

I em va dur cap a la cuina, la més gran i més bonica que havia vist mai, amb una nevera, un rentaplats i un forn. No va ser difícil, vaig veure com ho feia ella i vaig aprendre de seguida.

Vaig servir el desdejuni a la Zahra, que va obrir una finestra perquè entrara l'aire. Vaig sentir un gran alleujament en saber que les finestres es podien obrir i que fins i tot hi podria traure el cap. Així la sensació de tancament era menor, encara que no desapareixia del tot.

La casa tenia dues habitacions més menudes i modestes. Però el que més em va agradar va ser l'última planta, que vaig descobrir pujant un pis més. El terrat, un espai ampli i obert per dalt, on estenia la bugada.

Vaig netejar la casa amb rapidesa i meticulositat i la vaig deixar impecable, ni un bri de pols. La senyora Najoua no me'n van donar les gràcies, es va limitar a manar-me més tasques a fer. Tampoc tenia cap obligació, ella era l'ama i jo la criada.

Hi havia molta faena: netejar la casa, llavar la roba, cuinar... Sempre tenia treball. No sabia fer moltes coses, ella m'ho explicava una vegada i una altra. Jo mirava com ho feia i aprenia.

No em semblava una mala vida perquè m'hi havia acostumat des que tenia ús de raó. Igual com m'havia acostumat a dormir sobre una estora a terra i a pujar l'aigua del pou amb poals fabricats amb restes de pneumàtic vell, que després traslladàvem a coll fins a la casa.

Ací tot era diferent del poble. M'entretenia obrint les aixetes, deixant que l'aigua correguera lliurement, semblava increïble que es trobara fàcilment sense haver d'anar a buscar-la. Em rentava les mans, la cara i em mullava els cabells constantment.

L'electricitat semblava una cosa màgica, un somni, donar a un interruptor i que de sobte s'il·luminara tota l'habitació. Ja no m'havia de preocupar mai més de tenir a mà els llumins per encendre un ciri quan m'alçara a la nit, ni hauria de recórrer als fràgils fanalets de butà al voltant dels quals s'arremolinava la família sencera a les interminables vetlades de l'hivern. I, sobretot, ara podria gaudir d'aquell fabulós invent que a les ciutats no faltava ja ni a les llars més humils: el televisor. Encara que no entenia ni un borrall del que deien, em feien molta gràcia aquelles imatges xicotetes dins aquella estranya caixa. A poquet a poquet anava aprenent paraules, en francés i en àrab.

6

I va tenir el que havia demanat. I es va abillar, i es va presentar al palau del rei, i va entrar a l'harem, on hi havia festes a part reservades per a les dones. I va aparéixer com la lluna enmig de les estrelles. I no la va reconéixer ningú, ni tan sols les seues germanes, de tant com realçava la seua bellesa natural l'esplendor de la seua indumentària. I totes les dones l'admiraven i la miraven amb els ulls humits. I ella rebia atencions com una reina, amb dolçor i amabilitat, de manera que va conquistar tots els cors i les va deixar a totes entusiasmades…

Quan no hi havia escola, després de dinar, la Zahra solia fer la migdiada, i la senyora Najoua, o bé es retirava a la seua habitació a veure una telenovel·la, tenia un televisor per a ella sola, o bé anava a casa d'alguna amiga a prendre el te o jugar a les cartes.

Durant aquell breu espai de temps em sentia en llibertat absoluta. Podia fer el que volguera.

De vegades em posava la televisió del menjador, però el que més m'agradava era pujar al terrat perquè l'aire i el sol em tocara la cara. Em sentia a prop del cel, ben igual com si em trobara al cim de l'Atles. Marràqueix és una mar de terrats, semblava que podria recórrer-la tota per dalt, sense carrerons, sense gentada, només el meu estimat Atles i les palmeres. Els minarets apuntant als núvols i les oronetes.

Estenia la bugada distesa quan de sobte vaig veure el Khalid per primera vegada. Va aparéixer entre els llençols blancs. Tenia els ulls del color de l'olivera, la pell de caramel i els cabells negres, curts i arrissats. Em mirava descarat i em va saludar en el meu idioma.

Feia molt de temps que no sentia parlar a ningú en amazic, des que la senyora Fàtima es va acomiadar de mi, ara no sabia el temps, havia perdut el compte dels dies o mesos que feia que estava en aquella casa. La faena constant feia les jornades monòtones i el temps passava de llarg davant meu com si jo no fóra la protagonista de la meua pròpia vida. Eren dies robats que potser altres persones aprofitaven, de res servia comptar els minuts ni les hores, això encara feia la meua captivitat més llarga.

En veure que aquell xiquet parlava el meu idioma, em va fer un salt el cor. Tenia molts dubtes i un munt de preguntes sobre la meua nova vida, sobre com funcionaven les coses, de tot en general i res en particular, tantes que vaig posar el Khalid en un compromís per poder-les respondre totes.

Però jo tenia moltes ganes de parlar. Ho vaig fer feliç i sense parar. Vaig parlar i parlar tant que de sobte em vaig quedar callada, era com si haguera esgotat totes les paraules i tots dos vam seure en silenci a contemplar el cel, amb un somriure dibuixat als llavis, amb la complicitat que dóna l'amistat, aquella que va sorgir en un terrat de Marràqueix i que no desapareixeria mai més.

El Khalid era el rei dels terrats, botava d'un a un altre, com a cal sogre. No hi havia terrat ni finestra que se li resistira. De seguida ens vam fer amics, ell era l'únic que m'entenia, també era l'únic amb qui parlava, a ningú més al món li interessaven les meues coses o la meua opinió.

S'esmunyia quan ningú el veia i parlàvem, mentre jo feia tota la faena de la casa. M'escoltava i em feia riure. Jugàvem a ser germans i que aquella era la nostra llar.

Em va ensenyar a córrer pels terrats, ben igual que corria per la muntanya al meu poble, i em va presentar una altra xiqueta, que de seguida es va fer també amiga meua. Es deia Abeer i també havia sigut *petite bonne* com jo. Però estava molt, molt trista, mai somreia, anava vestida amb parracs vells. S'havia escapat i no volia tornar a la casa de la seua senyora.

—Dormia al terra de la cuina i em pegaven —em deia mentre m'ensenyava les mans ferides de tant de treballar.

Jo les comparava amb les meues, que no estaven tan malament però tampoc eren fines, no tan fines i delicades com les de la Zahra. Com ho podien ser, si jo treballava tot el dia?

—Però això és així, nosaltres som així, elles són diferents. Tu encara tens sort perquè fins i tot menges a taula amb les ames —em deia l'Abeer.

Mai havia pensat que tenia sort. Potser no era una xiqueta del carrer com els meus amics, com tants xiquets que es refugiaven en l'anonimat que els oferia la ciutat. Pidolaven, furtaven, venien, netejaven els vidres dels cotxes als semàfors, feien d'enllustradors, mercadejaven amb els cartons i la ferralla que recollien. Habitants d'un submón en què no hi havia més llei que la supervivència.

Jo tenia un sostre on dormir, i no ho feia a recer d'una parada d'autobús, un portal o la marquesina d'una botiga. Potser per això m'havia de sentir afortunada.

Cada vegada que l'Abeer passava per un parc, s'oblidava per uns moments de la seua situació i deixava volar la imaginació balancejant-se en un gronxador. Ella només jugava de nit, quan les xiquetes ben vestides i millor alimentades ja eren al llit, acotxades per sa mare i avivant els seus somnis amb els conte que els havia llegit el seu pare. A aquestes hores, al parc només hi havia vagabunds. Però tant li feia. Durant una estoneta s'imaginava que era com elles.

—M'agradaria trobar una família, anar a escola i jugar en un parc envoltada de xiquetes a les hores en què totes ho fan. Però que em deixen estar també al carrer perquè ací almenys sóc lliure —em deia mentre intentava esbossar un tímid somriure que no li eixia.

I llavors era quan jo pensava que l'afortunada era ella, que se sentia lliure en algun lloc, encara que fóra el carrer.

Els somnis del Khalid eren ben distints. Ell volia anar a Europa. Havia sentit a dir a la gent gran com s'hi vivia, que fàcil que era guanyar diners allà, com eren de còmodes les cases.

—Allí tothom té unes bones sabatilles i un bon cotxe! —exclamava mentre mostrava totes les dents en un ampli somriure.

D'amagatotis, des de la vorera, mirava a la televisió, l'espill dels seus somnis, els concursos de les televisions espanyoles, que la majoria dels bars de la ciutat captaven via satèl·lit i on els participants eixien milionaris per fer qualsevol ximpleria o respondre unes quantes preguntes.

De moment sobrevivia venent paquets de xiclets i entre el que treia d'aquest comerç i les restes de menjar que li donaven als restaurants o a la llotja de peix, anava tirant. Si no, sempre hi havia contenidors on rebuscar a les escombraries.

Sí, tenien raó els meus amics, jo era una xiqueta afortunada, una *petite bonne* amb sort, la *petite poupée*, la nina d'una xiqueta rica i capriciosa.

7

Quan la festa s'acabava, la jove, com que no volia que les seues germanes tornaren a casa abans que ella, va aprofitar el moment en què tota l'atenció l'atreien les ballarines per escapolir-se fora de l'harem i eixir del palau. Però, en la seua precipitació per fugir, va deixar caure, en córrer, una de les polseres de diamants dels seus turmells a la pila arran de terra que servia d'abeurador als cavalls del rei. I no va advertir aquella pèrdua i va tornar a casa, hores abans que les seues germanes.

L'endemà ...

En aquest moment de la seua narració, Xahrazad va veure aparéixer el matí i va callar discretament.

L'habitació de la Zahra era la més bonica que havia vist mai de la vida, tota pintada de color crema, parets, terra i sostre. Decorada amb estrelles, globus i cors de color de rosa, ben igual que les estores de pèls llargs i suaus, els coixins i les cortines.

Un espill enorme adherit a la paret amb un marc daurat presidia l'habitació.

Tenia les prestatgeries plenes de nines, diminutes, petites, grans i alguna quasi de mida natural, primes o grosses, delicades o bastes. Disfressades, vestides de carrer, de casament o amb el vestit típic del seu país o regió. Aquestes li les portava son pare dels seus viatges arreu del món.

Totes diferents i, no obstant això, amb alguna cosa en comú, el gest absent i la mirada perduda de qui ha malaguanyat l'esperit o probablement mai en va tenir. Em feia una mica de por mirar-les, em recordaven a mi atrapades en aquella casa.

El que més m'agradava era una casa de nines de fusta de color blau cel que tenia al costat de l'armari farcit de roba, també de color de rosa.

Em submergia en el món de les miniatures i fantasiejava que jo mateixa era un més dels personatges que habitaven aquella petita casa. Abillada amb un vestit victorià imaginari, mirava entre les finestres d'aquell món totalment màgic per a mi, on la inventiva no tenia límits.

Mirava entre les finestres de la cuina i podia veure l'escuradeta col·locada perfectament a les prestatgeries i a la taula de fusta un suculent pastís d'ametles. M'endinsava a la casa, pujava els graons de l'elegant escala que em portava fins a les golfes. Les vidrieres de colors, les càlides xemeneies i els racons acollidors em convidaven a gaudir d'un bon te ben calent acompanyat de les notes musicals que brollaven del piano de la sala d'estar.

Els xiquets jugaven plàcidament a la seua habitació, l'àvia llegia tranquil·lament. El menjador amb tauletes i cadiretes. El rellotge de peu al racó del vitrall.

A l'habitació de les golfes, un llit amb dosser. L'habitació dels joguets amb una caseta de nines dins una altra casa de nines, i així fins a l'infinit.

Passava hores mirant-la quan la Zahra era a escola i la senyora Najaou feia la compra.

La Zahra era una xiqueta consentida i molt malcriada, sempre m'estava manant coses i no hi havia manera que aprenguera el meu nom, sempre m'anomenava nina, *petite poupée* en francés.

«*Petite poupée*, prepara el te». «*Petite poupée*, calfa'm l'aigua». «*Petite poupée*, tanca la porta». «*Petite poupée*, obri-la». «*Petite poupée*, pentina'm». «*Petite poupée*, serveix-me el menjar»... *Petite poupée*... *Petite poupée*...

Matinava segons l'antull d'aquella xiqueta. Sola no podia ni tan sols posar els peus sobre el terra. Em necessitava, necessitava la seua *petite poupée* apegada al seu costat, perquè li acostara un gibrell amb aigua calenta per rentar-se la cara i les mans, per posar-li les sabates, per acotxar-la a les nits.

Un dia, després de desdejunar-se, la Zahra em va cridar a la seua habitació. S'estava arreglant per anar a escola.

Em va traure el meu mocador blanc del cap i va començar a pentinar-me. Em feia mal, m'estirava els cabells. Després me'ls va arreplegar amb una cua, ben igual com jo la pentinava cada matí, això sí, amb més delicadesa, sense fer-li mal.

Per a ella, jo era una més de les seues nines sense esperit. Em va llevar tota la roba i em va vestir amb la seua. M'anava molt gran. Després em va posar un davantal de color caramel, com el que ella duia per anar a escola. M'anava com un sac. En va doblegar les mànigues, però, tot i això, l'anava arrossegant per terra.

I disfressada d'aquesta manera em va agafar la mà, i sense dir ni ase ni bèstia em va traure al carrer. I jo ja no vaig sentir vergonya, perquè ja feia temps que no sentia res.

8

Ella va dir:

L'endemà, els palafreners van portar els cavalls del fill del rei a l'abeurador, però no va voler acostar-s'hi cap dels cavalls. Van retrocedir, espantats, amb els nasals dilatats i esbufegant amb violència. Havien vist una cosa que brillava i llançava espurnes al fons de l'aigua. I els palafreners els van fer apropar-se de nou a l'aigua, xiulant amb insistència, encara que sense arribar a convéncer, ja que els animals estiraven la corda, encabritant i donant voltes. Llavors, els palafreners van escorcollar l'abeurador i van descobrir la polsera de diamants que havia deixat caure del seu turmell la jove...

La Zahra em remolcava per la mà a estrebades. Vam recórrer un carrer que s'allargava fins a perdre'l de vista. Jo anava amb el cap cot, arrossegant el davantal per terra i donant puntades de peu als papers i a les pedres que trobava pel camí.

Em va dur així fins a la porta de la seua escola. En arribar, va entrar en companyia de totes les altres xiquetes. Aleshores van tancar una gran reixa i a mi em va deixar allí fora. Ací va acabar tota la meua aventura.

Jo volia tornar a casa, havia de fer el dinar, però tots els carrers em semblaven el mateix. No tenia altre remei que esperar que eixira la Zahra. Em vaig asseure a terra i em vaig recolzar contra la reixa.

Tot d'una, una clau va grinyolar al vell pany de la reixa i es va obrir lentament. Va aparéixer un ancià, era el conserge.

—Què fas ací fora tota sola?

Jo no vaig respondre. Ell em va agafar per la mà i em va entrar cap a dins.

—Ja saps que totes les que feu tard heu de passar pel despatx de la directora. Encara no ha arribat. T'has d'esperar. Seu! —em va indicar amb el dit un banc de fusta.

I vaig seure davant un mural en què hi havia dibuixat un gran arbre ple de boles de cotó i fulles seques. Jugava amb les cames i alçava la mirada cada vegada que veia passar alguna xiqueta, amb el mateix davantal que duia jo posat, però fet a mida.

Finalment va arribar la directora i em va fer passar al seu despatx. La vaig observar atentament. Grassoneta, cabell arrissat recollit amb un passador, ulleres de miop, sabates de mig taló i vestit de flors cridaneres.

Em va fer un somriure forçat. «No li caic bé però ella, a mi, tampoc», vaig pensar.

No entenia res del que em deia, parlava molt de pressa en francés i jo encara no en sabia tant, d'aquella llengua. La mirava fixament als ulls i ella de seguida se'n va adonar.

—Em dic professora Khalima —s'assenyalava ella mateixa—. I tu? —va dir apuntant-me amb el dit.

—Aïxa —la vaig comprendre a l'instant.

—Quants anys tens?

La vaig entendre, però no ho sabia. Mai ningú m'ho havia preguntat.

—Per què dus posat el davantal de l'escola? —ella continuava amb les seues preguntes—. Com has arribat fins ací?

No vaig obrir la boca. Sabia que respondre aquelles preguntes només em portaria problemes. Continuava dreta al costat de la porta.

—Seu, per favor—em va demanar.

Em va donar un llapis, un quadern i una goma d'esborrar. I va dibuixar uns cercles, uns pals i unes línies amb corbes que semblaven serps.

Vaig esborrar aquelles línies perquè em recordaven les colobres i els tinc pànic. Vaig gargotejar dos cercles i tres pals i em vaig cansar. Vaig anar una altra vegada cap a la porta, però ella va insistir perquè tornara a seure. Aquella dona no entenia que jo havia de fer el dinar. Vaig seure de nou, vaig dibuixar uns quants pals més i vaig acabar la línia de cercles.

Després em va ensenyar a comptar fins a cinc en francés, i vaig dibuixar un sol i un núvol. Amb el cap cot sobre el quadern, estrenyia el llapis quasi sense respirar. Vaig perdre la noció del temps, i de sobte va sonar un timbre.

La professora Khalima va eixir fora. Jo no sabia què fer. Vaig regirar una de les meus butxaques i en vaig traure la fotografia de la mare, que sempre m'acompanyava. La vaig contemplar durant un moment esperant que tinguera la resposta.

De cop i volta la porta es va obrir. Era el conserge. Vaig donar una espenta al pobre home i vaig eixir corrent. Vaig córrer i córrer fins a l'eixida.

Vaig córrer i córrer pels carrers de Marràqueix perduda. Corria tan de pressa com podia arrossegant el davantal i de tant en tant em veia obligada a aturar-me per prendre alé.

Amb llàgrimes als ulls mirava cada edifici, cada botiga, sense ser capaç de reconéixer res. Quan ja m'havia donat per perduda, vaig veure entre la gentada una cara coneguda. Era el Khalid. Se'm va accelerar el batec del cor. Sense poder articular paraula em vaig llançar emocionada als seus braços. Només exclamava una vegada i una altra:

—Khalid! Khalid! Khalid!

Ell callava, emocionat. Havia encomanat les meues llàgrimes a aquell xiquet del carrer o, com jo m'estimava més, de terrat, d'imatge dura, al qual la llei del més fort havia ensenyat que els homes no ploraven i que ara tenia els ulls tan humits que se'ls va haver d'eixugar amb la màniga.

Quan vaig tornar a casa, m'esperava la senyora Najoua tota enfadada perquè no havia fet el dinar.

—Desgraciada! Què significa això? Però, què has fet? Com véns! Què has fet amb la teua roba? On és el mocador? Respon-me! —va exclamar fora de si.

Em vaig escapolir corrent cap a la cuina amb un somriure. Havia anat a escola per primera vegada i havia aprés els nombres de l'1 al 5 en francés. I també havia dibuixat un sol i un núvol.

Havia passat el matí com qualsevol xiqueta normal, asseguda i aprenent. Potser allò era el que anomenaven felicitat, perquè la llibertat estava segura que no ho era. La llibertat era més semblant a córrer pel camp en companyia de les ovelles o mullar-se els peus descalços al riu.

I de colp em vaig regirar les butxaques i em vaig adonar que en la meua fugida havia perdut la foto de la mare. Un riu de llàgrimes desconsolades em va banyar les galtes, no podia parar de plorar i sanglotar, no entenia com havia pogut estar tan ximpleta i perdre la pertinença més valuosa que tenia, potser l'única. I ara la meua preocupació era no oblidar la cara de la mare i el seu somriure perpetu.

9

Quan el fill del rei va examinar la polsera de diamants que acabaven de trobar els palafreners, es va meravellar de la finor del turmell que l'havia duta i va pensar:

—No hi ha turmell de dona prou fi per a cabre en una polsera tan menuda!

I li va donar voltes en tots els sentits, i es va veure que les pedres eren tan belles que la menor d'entre elles valdria per totes les gemmes que adornaven la diadema del seu pare el rei. I es va dir:

—Per Al·là que cal que prenga jo per esposa la posseïdora d'un turmell tan encantador i propietària d'aquesta polsera!...

Un dia d'aquells monòtons, sense sentit i plens de faena, van trucar a la porta. Vaig mirar per la finestra, eren dues dones. Vaig reconéixer la professora Khalima. Vaig córrer a obrir. Potser venia a tornar-me la foto de ma mare, i un gran somriure em va il·luminar la cara.

Com totes les *petites bonnes* anava en pijama, sabatilles i amb un mocador blanc al cap, que era el segell indiscutible de «la criada de la casa». Però, abans que poguera arribar a la porta, va venir la senyora Najoua i em va fer un senyal, el mateix que feia als gossos, perquè tornara a la cuina.

Des d'allà vaig sentir parlar la professora Khalima. Semblava que havia aconseguit la resposta a les preguntes que jo no vaig voler contestar. Aquestes respostes només les tenia una altra persona: la Zahra. La professora Khalima i l'altra dona eren d'una associació i preguntaven sobre mi a la senyora Najoua.

—Em sembla que ha endevinat el que ens ha portat ací. Estic segura que ens arribarem a entendre fàcilment. Quines són les seues intencions respecte a... —la professora Khalima va emmudir i va mirar de reüll cap a dins la casa.

A la senyora no li agradaven les preguntes i parlava amb monosíl·labs. Romania amb els braços encreuats i tenia un aspecte desafiant. Jo les escoltava d'amagat.

—La xiqueta podria aprendre a llegir i escriure. Ho podia fer anant només algunes hores a escola. Ho podria compaginar amb les seues tasques diàries. No seria un gran destorb —va prosseguir la professora Khalima, que no duia el seu vestit de flors sinó un de marró fosc.

—No ho farà! —va exclamar la senyora Najoua i en la seua veu es va notar una certa agitació.

—Però, senyora, és una xiqueta i ha d'anar a escola —la professora no es donava per vençuda, però començava a perdre la paciència.

—Una *petite bonne* no necessita saber aquestes coses, ja sap tot el que ha de saber. I adéu! —i les va engegar secament tancant-los la porta pels nassos.

La senyora Najoua va venir a buscar-me a la cuina feta una fera, amb veu de tro i mirant-me amb ulls flamejants. Em va agafar pels cabells.

—Si tornes a veure aquestes dones, et denunciaré a la policia! Els diré que ets una lladre que m'has furtat diners i et tancaran a la presó, d'on mai més eixiràs! —em va amenaçar.

Em vaig quedar molt trista. Jo tampoc volia anar a escola. Bé que sabia que a mi no em calia llegir ni escriure, però m'hauria agradat recuperar l'única cosa que em quedava de ma mare, aquell somriure immortalitzat en aquella fotografia.

10

I en aquella hora i en aquell instant va anar a despertar el seu pare el rei i li va ensenyar la polsera, dient-li:

—Vull prendre per esposa la posseïdora d'un turmell tan encantador i propietària d'aquesta polsera.

I el rei li va contestar:

—Oh fill meu! No hi ha cap inconvenient. Però aquest assumpte incumbeix a la teua mare, i a ella és a qui has de dirigir-te. Perquè jo no entenc en aquestes coses, i ella sí!

El soroll del motor d'un cotxe va anunciar l'arribada de la senyora Djamila, l'àvia de la Zahra. A mi, la senyora Najoua m'havia enviat a la meua habitació amb l'ordre de romandre-hi fins ella em deixara eixir.

Al cap d'una estona, la senyora Najoua va entreobrir la porta i em va dir:

—La senyora Djamila et vol veure. Li he dit que ets la meua neboda, que t'has quedat òrfena i que t'estic cuidant. És millor així.

Jo no entenia res. Per què em deia això? Jo tenia un pare i ella no em cuidava. Jo era la *petite bonne*, la criada, o la *petite poupée*, com s'entestava a anomenar-me la Zahra, la seua nina, el seu joguet.

En entrar, l'àvia em va acollir amb bondadós somriure.

—Ací tenim la nostra xiqueta. Vine, acosta't, que et veja bé i dóna'm la mà.

Hi havia en els ulls dolços de la dona una cosa que m'infonia confiança i afecte.

—I tu com et dius, filla meua? —em va preguntar l'anciana.

—Em dic Aïxa. Però em pot dir *petite poupée*.

—*Petite poupée*? Nina? Quin nom més estrany! I digues, tu i la Zahra sou bones amigues?

No entenia aquella pregunta. La Zahra i jo mai podríem ser amigues. Ella era la senyora, l'ama, i jo la seua criada. Per això mateix coneixia molt bé quina era la resposta adequada.

—La Zahra sempre és bona amb mi, senyora. És ella qui m'ha posat el meu nou nom.

La dona em va mirar un moment sense parlar. Va obrir els ulls com unes taronges i es va regirar nerviosa. De seguida es va adonar de la situació i va mirar la seua néta amb severitat.

—El meu cor està trist. Com has pogut fer això a aquesta xiqueta? —va dir l'avia, compungida—. És una amaziga. Amazics, «homes lliures», així es denominen els pobladors originals del nord d'Àfrica i els seus descendents. La nostra nova amiga es diu Aïxa i té per costum respondre a aquest nom, doncs l'anomenarem així i res més. Desitge —va afegir accentuant les paraules— que siga tractada sempre amb afecte. No és cap joguet.

La Zahra va escoltar la seua àvia amb el cap cot. Era l'única que tenia un estrany poder sobre ella, a l'única persona que atenia i feia cas, fins i tot més que a son pare, al qual convencia de qualsevol cosa quan venia dels seus llargs viatges fent-li qualsevol magarrufa.

—I ara, filletes, heu de permetre que aquesta pobra vella faça un mos, perquè encara no he pres res. Després tornaré i aleshores t'ensenyaré el que t'he portat, Zahra.

I de sobte, gràcies a la màgia d'aquesta dona vaig deixar de ser una nina sense esperit. Vaig deixar de ser la *petite poupée*, la nina amaziga d'una xiqueta consentida per a tornar a ser Aïxa, la *petite bonne* de la casa.

11

I el fill del rei va anar a buscar la seua mare, i ensenyant-li la polsera i explicant-li la història, li va dir:

—Tu ets, oh mare!, qui pot casar-me amb la propietària d'un turmell tan encantador, a la qual està unit el meu cor. Perquè el meu pare m'ha dit que tu entenies en aquestes coses, i que ell no hi entenia...

L'endemà, quan la Zahra va tancar els ulls per fer l'acostumada migdiada, l'àvia es va asseure al costat de la néta per fer el mateix. Però no per molt de temps. Al cap de cinc minuts estava de nou desperta. Va anar a l'habitació de la senyora Najoua, que es trobava com sempre a aquelles hores mirant la telenovel·la. Des que l'àvia estava a casa, ja no eixia amb les amigues.

—On és l'Aïxa? —va preguntar la senyora Djamila.

—A la seua habitació —va mentir la senyora Najoua, que en realitat no sabia on em trobava.

—Vés de seguida a buscar-la i porta-la a la meua habitació —li va ordenar—. Li vull ensenyar uns llibres molt bonics que he portat.

—Què farà ella amb aquests llibres, si no sap llegir ni escriure? A penes ens entén —va dir la senyora Najoua.

—Ah, sí? Doncs m'estranya molt, perquè la xiqueta no té aspecte de no poder entendre les coses, i encara menys les beceroles —va observar la senyora Djamila, a qui no va fer gens de gràcia aquella insinuació de la seua criada.

La senyora Najoua em va buscar per tota la casa fins que em va trobar al terrat. Per sort, el meu amic, en sentir-la pujar, va desaparéixer en un tres i no res.

Vaig anar a buscar l'àvia i em va ensenyar uns grans llibres plens de fotografies. Els meus ulls van quedar meravellats davant de tanta bellesa.

De colp vaig fer un crit i em vaig posar a plorar amb amargor. Era com veure per un forat el meu poble, la meua casa. Els records se m'amuntegaven a la ment i no em deixaven respirar. Era tanta la recança que se'm feia insuportable.

L'àvia va observar aquella fotografia de les meues estimades muntanyes.

—Filla meua —em va dir afectuosament—, no plores més. Aquesta fotografia t'ha recordat sens dubte alguna cosa familiar. Però hi ha una història molt bonica i te l'explicaré aquesta nit. En aquest llibre hi ha un munt de contes preciosos que podem llegir juntes.

—No sé llegir! —vaig dir amb un sospir quan per fi em vaig calmar—. Sé comptar fins a cinc en francés, me n'ha ensenyat la professora Khalima.

—Però en pots aprendre. Ja tens edat per a anar a escola. Podries començar aquest mateix any.

—No puc, és massa difícil.

—Ah, caram! D'on has tret tu això?

—M'ho ha dit el meu amic Khalid.

Vaig preferir callar l'amenaça de la senyora Najoua, no em feia gens de gràcia acabar a la presó per una ximpleria com aquella d'anar a escola. Sense comptar que no tenia temps per a fer tanta cosa.

—No s'ha de creure sempre el que puguen dir el Khalid o altres com ell. Cal que ho comproves tu mateixa.

—No, no pot ser —vaig repetir movent enèrgicament el cap.

—Aïxa —va continuar l'àvia—, escolta bé el que et diré. Si encara no has aprés a llegir, és

perquè no has anat mai a escola. T'assegure que pots aprendre a llegir en molt poc de temps. Quan n'hauràs aprés, jo et regalaré aquest llibre i hi trobaràs la història d'una xiqueta amaziga com tu. Serà com si algú t'ho explicara a cau d'orella.

—Oh, si jo poguera llegir això! —vaig llançar un profund sospir, amb ulls brillants.

Ara sí que m'havia tocat el tendre. Jo no sabia que hi havia històries escrites que parlaren de xiquetes com jo.

—Pots fer-ho, no ho dubtes. I si no m'equivoque, tardaràs poc de temps.

Aquella nit va preparar el sopar la senyora Najoua. Corder guisat amb nombroses espècies i amb tot tipus de verdures, com creïlles al vapor i comins o carabassetes molt menudetes amb salsa de pebre roig. Ho va acompanyar amb prunes cuites amb sucre, que donaven un toc dolç al menjar.

Menjàvem totes en un mateix plat redó i gran, perfectament decorat amb el menjar que atreia encara més la gana. Menjàvem amb molt de pa, que ens feia de coberts.

Semblàvem una família. Fins i tot la senyora Najoua em tractava davant l'àvia com si jo fóra la seua veritable neboda. Era com un somni del qual no volia despertar.

12

I la reina es va alçar sobre ambdós peus, i va cridar les seues dames, i va eixir amb elles a la recerca de la propietària de la polsera. I van recórrer totes les cases de la ciutat, i van entrar a tots els harems, provant al peu de totes les dones majors i de totes les joves la polsera de turmell. Però tots els peus van resultar massa grans per a l'estretor de l'objecte...

Aquella nit, abans d'anar a dormir, l'àvia em va venir a buscar a la meua habitació. Anava carregada amb aquell llibre tan meravellós.

—Ara és teu.

—Però m'havia dit que me'l regalaria quan aprenguera a llegir —li vaig dir estranyada.

—Mira si estic segura que ho faràs.

—I aquest llibre tan bonic és per a mi per sempre? Encara que torne al poble? —vaig preguntar sufocada per l'alegria.

—Sí, naturalment, per sempre. Ara començarem a llegir-lo plegades, però quan aprengues a llegir ho faràs tota sola. Coneixes la història d'una xiqueta que s'anomenava Aïxa com tu i era la Ventafocs amaziga?

—No —vaig dir obrint uns ulls com unes taronges.

I l'àvia va començar a llegir i jo vaig quedar suspesa dels seus llavis.

«L'Aïxa havia perdut sa mare de ben menuda i son pare s'havia tornat a casar. La seua madrastra no l'estimava molt i sempre protegia una filla que tenia. Un dia, la dona va donar un sedàs a l'Aïxa i una mena de tambor a la seua filla, i les va enviar a buscar aigua al riu.

»Allà, l'Aïxa va haver de viure una gran humiliació, perquè era evident que tanta aigua com entrava al sedàs, n'eixia. Per contra, la filla sempre tornava amb el tambor ple d'aigua.

»Aquesta situació es va anar repetint dies i dies, fins que l'Aïxa es va cansar de les burles, i farta va llançar el sedàs al riu.

—On són el teu sedàs i l'aigua? —li va preguntar la madrastra quan la va veure arribar amb les mans buides.

—Això que faig no serveix de res —va respondre la xiqueta—. Quan enfonse el sedàs dins l'aigua, certament s'omple; però, tan bon punt el trac, aquesta aigua s'escola. Per això l'he llançat al riu.

»La madrastra, enfurismada, la va fer tornar al lloc per recuperar el sedàs. L'Aïxa va marxar plorant. Després d'haver recorregut un bon tros de camí, va veure que una miqueta apartat de la ruta hi havia un home treballant amb un carro tirat per dos burrets. Es va aturar per preguntar-li:

—Senyor que treballeu amb dos cavalls, bon dia! No deveu haver vist un sedàs que el riu s'emportava?

—Sí —va respondre—, ha passat per ací. Continua avall.

»Amb llàgrimes als ulls, va continuar. Una miqueta més avant va veure un altre llaurador que estava treballant amb dos gossos.

—Bon dia, senyor que esteu treballant amb dues mules! No heu vist un sedàs que anava riu avall?

—Sí, i tant que l'he vist. Continua avall.

»I així ho va fer. Fins que va trobar una dona cardant llana.

—Bon dia, senyora que esteu cardant seda! No deveu haver vist un sedàs que anara riu avall?

—Sí, acosta't a buscar-lo. L'he atrapat quan passava.

»Quan l'Aïxa es va acostar, es va adonar que aquella dona era una ogressa.

—No patisques —la va tranquil·litzar—, no et vull fer cap mal. Et convide a sopar. Què prefereixes corder o burro?

—Oh, em conforme amb poca cosa. El burro ja em va bé —va respondre l'Aïxa amb prudència.

»L'ogressa va convidar la xiqueta a corder. Com que es feia de nit, li va oferir que es quedara a dormir a sa casa i ella ho va acceptar.

—On vols dormir, filleta? Damunt la cendra o sobre un matalàs de llana?

—No patiu, preferisc la cendra perquè hi estic acostumada.

»Però l'ogressa la va dur fins al matalàs de llana.

»L'endemà, quan s'acomiadaven, l'ogressa li va omplir el sedàs de monedes d'or i fins i tot li va regalar un pollastre.

»Quan la xiqueta estava a punt d'arribar a sa casa, el gall es va posar a cantar: quiquiriquic!

—Mare, et porte un regal!

»El pare de la xiqueta estava molt content que la seua filla haguera tornat bé i tan carregada d'obsequis. Però la madrastra i la germanastra es van engelosir encara més. Per això van decidir que la fillastra aniria a cercar la mateixa sort...»

L'àvia va interrompre el relat, s'havia fet molt tard. Jo volia que continuara però ella estava molt esgotada, tant que no parava d'estossegar. Em va prometre que l'endemà m'acabaria de llegir el conte i es va retirar a descansar.

No li vaig dir com m'agradaria tornar a casa, perquè no volia que l'àvia, que era tan bona amb mi, s'enfadara com ho feia la senyora Najoua. Però la tristesa que m'oprimia el cor anava creixent.

De vegades m'adormia plorant a les nits quan pensava en les muntanyes. Aquella nit no vaig plorar i em vaig adormir pensant com acabaria la història d'aquella xiqueta que s'assemblava tant a mi que fins i tot portava el meu nom.

13

I al cap de quinze dies d'indagacions vanes i proves, van arribar a casa de les tres germanes, i va llançar un estrident crit d'alegria en comprovar que s'ajustava a meravella al turmell de la més menuda...

96 El sol va eixir al compàs del ritme que marcava l'imam mentre cridava a la pregària i la monòtona veu se sentia per tot Marràqueix a través dels altaveus que ocupaven punts estratègics de la ciutat. Les palmeres s'anaven dibuixant amb els primers raigs i el to ataronjat de les cases es va tornar més intens.

L'àvia ens va portar a mi i a la Zahra a fer una volta per la ciutat. També em volia comprar roba, el meu bonic vestit lila se m'havia quedat molt menut. Vam anar fins a la majestuosa plaça de Jemaa El Fna, la plaça de la Fi del Món, com l'anomenen.

No hi cabia ja ni una formiga. La gent s'amuntegava per veure els espectacles. Hi ha-

via tatuadors que dibuixaven motius artístics sobre la pell sense cap tipus de patró. Faquirs que hipnotitzaven serps. Músics que tocaven tambors. Xicots amb la mateixa vestimenta donaven aigua en un budell d'animal sec que la mantenia fresca per uns dírhams, parades de taronges on es feien sucs naturals deliciosos i

d'altres en què podies comprar des de dentadures postisses fins a sabons. Hi havia turistes, molts turistes.

Ens vam endinsar pels nombrosos socs de la zona antiga, coneguda com la Medina. Una xarxa de carrerons estrets, que recordaven els passadissos secrets dels contes de *Les mil i una nits*, on es trobaven els barris dels gremis que encara treballaven artesanalment. Els més cridaners eren els ferrers i els tintorers.

Hi vam trobar de tot, des de parades d'espècies, roba i calçat, olives, menta, fruita, dolços, carn o peix, verdura, fins a d'altres de bijuteria, joies de plata i or, instruments de música artesans, fustes, teteres, adorns.

Potser el més curiós del soc era la manera de vendre i de comprar. Sense regatejos no s'anava enlloc, i l'àvia hi era una experta. A mi i a la Zahra ens va comprar uns vestits molt bonics i un munt de llibres.

L'àvia havia portat la felicitat a la casa. Tot i això, jo no havia descuidat la meua faena. M'alçava tots els dies de bon matí per poder netejar la casa i així tenir més temps per a poder gaudir de la seua presència.

L'àvia m'ensenyava a fer moltíssimes coses. Havia comprat a la Zahra un munt de nines boniques i em va ensenyar a cosir vestidets i abriguets dels més variats colors per a elles. Però el que més m'agradava era sentir-la llegir en veu alta les narracions d'aquell llibre que m'havia regalat.

14

I la reina va besar la jove, i també la van besar les altres dames del seguici de la reina. I la van agafar per la mà, i la van conduir a palau, on a l'instant va quedar decidit el seu matrimoni amb el fill del rei. I van començar les cerimònies dels casaments, que havien de durar quaranta dies i quaranta nits...

L'àvia no es trobava bé, cada dia estava més cansada i es retirava més prompte a dormir. Jo l'acompanyava cada nit.

—Àvia, acaba'm de llegir la història de la Ventafocs amaziga —li vaig demanar un últim esforç.

I ella va agafar el llibre i va continuar llegint amb un fil de veu:

«—Llança el teu tambor al riu i segueix-lo com ha fet la teua germana.

»I així ho va fer. Després d'haver recorregut un bon tros de camí, va veure que una miqueta apartat de la ruta hi havia un home treballant amb un carro tirat per dos burros. Es va aturar per preguntar-li:

—Senyor que treballeu amb dos burros, bon dia! No deveu haver vist un tambor que el riu s'emportava?

—Tens sort perquè has dit bon dia —va respondre—; perquè, si no ho hagueres fet, t'hauria castigat per la teua insolència. Continua riu avall.

»Amb llàgrimes als ulls, ella va continuar. Una miqueta més avant va veure un altre llaurador que estava treballant amb dos gossos.

—Bon dia, senyor que esteu treballant amb dos gossos! No heu vist un tambor que anava riu avall?

—Tens sort perquè has començant dient bon dia —va respondre—; perquè, si no ho hagueres fet, t'hauria castigat per la teua insolència. Continua riu avall.

»I així ho va fer, fins que va trobar una dona cardant llana.

—Bon dia, senyora que esteu cardant llana! No deveu haver vist un tambor que anava riu avall?

—Sí, acosta't a buscar-lo. L'he recollit quan passava.

»Quan la germanastra es va acostar, es va adonar que aquella dona era una ogressa.

—No patisques —la va tranquil·litzar—, no et vull fer cap mal. Et convide a sopar. Què prefereixes, corder o burro?

—Oh, jo no em conforme amb poca cosa. Vull corder! —va respondre.

»L'ogressa la va convidar a sopar burro. Com que es feia de nit, li va oferir que es quedara a dormir a sa casa i ella ho va acceptar.

—On vols dormir, filleta? —li va preguntar l'ogressa—. Damunt la cendra o sobre un matalàs de llana?

—Jo no dormiré sobre la cendra. Vull un matalàs de llana!

»Però l'ogressa la va dur on la cendra i la va deixar allà.

»L'endemà, l'ogressa la va acomiadar de males maneres, però abans li va omplir el tambor d'escorpins.

»La xiqueta, rabiosa, cada vegada estava més plena d'odi cap a la seua germanastra.

»Quan va tornar a sa casa, mare i filla van acarnissar-se encara més amb l'Aïxa i la tenien tot el dia treballant sense descans.

»Va arribar un dia que se celebrava una gran festa al palau reial i tant la mare com la filla es van vestir ben ricament per assistir-hi.

»L'Aïxa es moria de ganes d'anar-hi però no li ho van permetre. Quan van marxar les dues dones, la van deixar a la vora del foc triant el gra. Ella anava plorant i sanglotant mentre faenejava. De sobte se li va aparéixer l'ogressa:

—Per què plores, filleta? Alça't, que has d'anar a la festa!

—Com ho puc fer? No tinc la roba adequada. A més a més, si no faig la faena que m'han encarregat, la meua madrastra em renyarà.

—No patisques, tot s'arreglarà.

»L'ogressa li va donar un vestit molt elegant i unes babutxes encara més boniques.

—Vés a la festa tranquil·la. Això sí, abans de tornar cap a casa, hauràs de deixar a palau una de les teues babutxes. No tingues por, jo acabaré la teua faena.

»Vestida com una princesa, l'Aïxa va entrar a palau i tothom es va girar per mirar-la. El príncep va ballar amb ella tota la vetlada, fins que va haver de marxar i, tal com li havia encarregat l'ogressa, va deixar-hi una de les seues babutxes.»

—I a partir d'ací, doncs ja et pots imaginar el final perquè és exactament el mateix que el de la Ventafocs.

I dit això, l'àvia es va adormir. Se la veia molt esgotada, estava malalta. M'hauria agradat despertar-la. Jo no sabia com acabava el conte de la Ventafocs, mai de la vida havia sentit a parlar d'aquesta xiqueta. Però, tot i que tenia molta curiositat, no vaig voler molestar-la.

Em vaig asseure al seu costat. Dormia i tenia la mà a la vora del llit, molt a prop meu, i em vaig quedar molt de temps mirant-li les mans, tan delicades. No calia tocar-les per a saber que eren molt suaus. Les ungles, polides i brillants, semblava que s'anaren a trencar si les tocava. I les comparava amb les meues, tan lletges que no volia ni mirar-les. L'Abeer, la meua amiga, sentia vergonya de les seues mans, les amagava.

Cada nit obria la meua capseta, quan ningú em veia. Encara hi guardava la pedra del meu pati. M'hauria agradat que fóra una pedra màgica. I em posava una mica la polsera de boles. I contemplava el llibre tan bonic que m'havia regalat l'àvia. Ja no podia dormir mirant la foto de ma mare, amb aquell somriure perpetu i uns ulls verds d'oliva que semblava que em miraven i em vetlaven cada nit. Ara només la podia imaginar i lluitar contra el temps que intentava esborrar aquell record.

15

I vet ací que l'últim dia, després de ser conduïda la jove al hammam, les seues germanes, les quals s'havia dut amb ella per tal que compartiren la seua alegria i es convertiren en grans dames de palau, la van vestir i la van pentinar. I com que, confiada en l'afecte que li mostraven, els havia revelat ella el secret i les virtuts del gerro d'alabastre, no els va ser difícil obtenir del gerro màgic tots els vestits, tots els abillaments i totes les joies que es necessitaven per a adornar la xicota com mai va ser adornada la filla d'un rei. I quan van acabar de pentinar-la, li van clavar en els seus bells cabells grans agulles de diamants a manera de plomall...

L'àvia Djamila cada dia es trobava pitjor, estossegava sense parar i s'esgotava amb facilitat. Finalment, la senyora Najoua va decidir portar-la a l'hospital. A mi no em van deixar acompanyar-la. Sortosament no era res de greu, segons que em va explicar la Zahra, però havia de quedar-se uns quants dies en observació.

Ara passava més temps que mai sola a casa. La senyora Najoua no s'apartava del costat de l'àvia i la Zahra sempre era a l'escola.

Un dia, aprofitant que no hi havia ningú a casa, vaig voler saber com acabava la Ventafocs. Encara no sabia llegir ni escriure, però amb l'idioma o, més ben dit, amb els idiomes àrab i francés, gràcies al meu bon amic Khalid, em defensava prou bé. Així que vaig anar a buscar un DVD que tenia la Zarha a la seua habitació. Li l'havia regalat l'àvia i contava la història de la Ventafocs en francés.

Vaig observar atentament el dibuix de la caràtula. La Ventafocs era una xicota rossa que duia un vestit blau amb brodats daurats i pedretes precioses de color blau clar, portava guants llargs a joc, un bonic collaret i lluïa una diadema daurada molt luxosa.

Semblava que al dibuix li hagueren donat una capa de cera per la cara tapant-li els forats del nas. Estava segura que aquella no podia ser l'Aïxa, la Ventafocs amaziga, no hi havia cap sedàs enlloc.

De tota manera, tenia molta curiositat, volia saber com acabava aquell meravellós conte. Vaig traure el DVD de la capsa i el vaig ficar al reproductor, vaig pitjar el botó en el comandament a distància i no va passar res.

Com podia ser? Ho havia vist fer un milió de vegades a la Zahra. Ho vaig tornar a intentar una vegada i una altra, i una altra, i una altra... Però la pantalla continuava en negre, sense fer-me ni cas.

Necessitava una persona experta. Vaig córrer al terrat a buscar el meu amic Khalid però no hi era. No podia ser. El vaig cridar i cridar fins que va aparéixer.

—Què et passa? Per què crides tant?

—El DVD no funciona i no sabré mai com acaba la Ventafocs! —li vaig dir tota nerviosa amb el comandament a distància a la mà.

Tots dos vam baixar cap al menjador. Ell va observar atentament el reproductor, la tele, la capseta del DVD, mentre jo el mirava fixament. Es va rascar la barbeta. Es veia que el problema era de difícil solució.

—Has provat a endollar-lo a la llum? —em va dir mentre em mostrava el cable del televisor.

Em vaig enrojolar fins a les orelles. Finalment vaig poder posar en marxa el DVD. El Khalid i jo ens vam asseure a terra damunt l'estora per veure la pel·lícula.

—És de xiques! No en tens una altra? —va protestar el meu amic.

Jo no vaig respondre, ja m'havia enganxat a la pantalla i ell no va tardar ni un segon més que jo a fer-ho.

«La Ventafocs començava sent una *petite bonne* a casa de la seua cruel madrastra i les seues egoistes germanes d'una altra mare. La seua vida era complicada i se sentia humiliada per la seua família, però no podia evitar somiar i pensar que algun dia els seus desitjos es farien realitat.

»Quan de sobte va arribar una invitació per al Ball Reial, la Ventafocs va tenir el pressentiment que la seua vida faria un tomb. Però la seua il·lusió es va marcir quan les seues germanes li van esquinçar el vestit per al ball.

»Just quan la Ventafocs pensava que no aniria al ball va aparéixer la seua fada padrina, que amb un moviment de vareta màgica i el seu «Bibbidi-Bobbidi-Boo» va transformar una carabassa en un carruatge magnífic i els parracs de la Ventafocs en un vestit preciós.

»Per arribar al Ball Reial va comptar amb l'ajuda dels seus amics, els ratolins, i va impressionar i enamorar el príncep. Quan van sonar les dotze campanades, va perdre una sabata de cristall...»

I de colp vam sentir com s'obria la porta del carrer. El Khalid es va escapolir ràpidament per la finestra. Vaig reconéixer la veu de la senyora Najoua i la d'una altra dona que m'era familiar, la senyora Fàtima. Vaig eixir corrents a rebre-la, però em van indicar que eixira del menjador, encara que jo ho escoltava tot des de la cuina.

La senyora Fàtima es queixava que la senyora Najoua no li havia enviat els 200 dírhams mensuals del meu sou.

—Prompte l'enviaré a l'escola i li pagaré els llibres. A més a més, la cuide, li done menjar i la vestisc. I també li ensenye a tenir cura de la casa. Et recorde que quan va venir no sabia fer res, i ara ací viu com una princesa —li va dir la senyora Najoua.

La senyora Fàtima estava molt enfadada perquè la senyora no estava complint l'acord i ella necessitava els diners. Aleshores la vaig sentir acostar-se a la cuina.

—Recull les teues coses. Ens n'anem! —em va dir en entrar.

I jo vaig tornar a fer el meu farcellet. M'hauria agradat endur-me el llibre que m'havia regalat l'àvia, però tenia por que la senyora Najoua m'acusara de lladre i que em ficaren a la presó per sempre.

I en tancar la porta d'aquella casa, vaig deixar enrere tot un món nou, la possibilitat d'aprendre a llegir i escriure, de tenir a una nova família. Ni tan sols em vaig poder acomiadar dels meus amics Khalid i Abeer, ni de l'àvia ni de la Zahra. Com tampoc vaig poder saber com acabava el vídeo d'aquella princesa tan guapa i elegant vestida de blau que ballava amb el príncep.

I de la mà de la senyora Fàtima em vaig perdre pels carrers de Marràqueix amb l'esperança que aniríem a buscar la seua camioneta desgavellada per a tornar-me al poble, amb el meu pare, la seua dona i els meus germans, la meua veritable família.

I tornaria a dormir sobre una estora a terra i a pujar l'aigua del pou amb poals fabricats amb restes de pneumàtic vell, que després traslladàvem a coll fins a casa. I tornaria a tenir a mà els llumins per a encendre un ciri quan m'alçara a la nit.

Hauria de recórrer una altra vegada als fràgils fanalets de butà al voltant dels quals s'arremolinava la família sencera en les interminables vetlades de l'hivern i, sobretot, ja no podria gaudir d'aquell fabulós invent que a les ciutats no faltava ja ni a les llars més humils: el televisor.

Ara afalagaria les meues orelles amb el meu estimat idioma amazic i ja no necessitaria per a res aprendre paraules en francés i en àrab. Tornaria al meu poble, el dels homes lliures. I no tornaria mai més a ser la nina de ningú.

16

 I vet ací que, tot just va quedar clavada l'última agulla, la jove promesa es va convertir sobtadament en una tórtora amb un petit monyo al cap. I va eixir volant molt de pressa per la finestra del palau.

Perquè les agulles que les seues germanes li havien clavat als cabells eren agulles màgiques, dotades del poder de transformar les joves en tórtores. L'enveja que sentien les dues germanes les havia impulsades a demanar aquestes agulles al gerro d'alabastre...

No hi havia cap fada padrina, ni ogressa, ni sedàs, ni pedra màgica que convertira els meus somnis en realitat. I no vaig tornar al poble, ni tan sols vaig canviar de ciutat, ni de faena, continuava sent una *petit bonne*, només em van canviar d'ama. Això sí, ara ningú em deia *petite poupée*, havia deixat de ser una nina, ara ningú em deia per cap nom.

Feia dotze setmanes que havia arribat a la nova casa. Em trobava en una altra part de la ciutat que no coneixia. Aquesta casa era encara més gran i freda que l'anterior.

Sabia que havien passat aquestes setmanes perquè ara sí que comptava el temps de la meua captivitat. Cada diumenge, el dia que venien els convidats a casa a dinar, guardava una llavor a la meua capseta. Mai me n'oblidava, i com que era la primera cosa que feia en despertar-me abans de començar a treballar, no em veia ningú.

Vaig ocultar la capseta en un racó de la cuina sota el forn, ben amagadeta, i com que jo era l'única persona que cuinava, era molt difícil que me la trobaren mai. No volia ni imaginar què hauria fet si no haguera pogut guardar aquestes llavors; no hauria sabut quant de temps havia passat. Tots els dies eren iguals, només canviaven les estacions.

M'alçava a les quatre del matí. Preparava l'esmorzar per a tota la família. Quan tots estaven desperts, parava taula, els servia, menjaven, desparava taula i escurava els plats.

El meu esmorzar me'l menjava sola, a la cuina, i consistia en les sobres de la família. I aleshores, començava les faenes de la casa. Llavava la roba, l'estenia, recollia les habitacions, agranava, netejava.

I quan arribava l'hora de dinar, el mateix: cuinava, parava taula, servia, desparava taula, em menjava les sobres sola, escurava els plats, i tornava a les faenes que em quedaven: fregar el terra, netejar els vidres. I ja era l'hora de sopar. Tocava preparar-lo, servir-lo, desparar taula, escurar… Així, cada dia. Jo sola feia tota la faena de la casa.

Només em deixaven anar a dormir quan ja tots eren al llit, passades les deu de la nit. Alesbores dormia sis hores sobre un matalasset en una habitació molt petita i sense finestres sota l'escala. I tornava a començar. A la meua habitació feia fred, les nits de l'hivern eren molt gelades, i feia pudor. Aquestes sis hores eren el meu únic descans.

Mai acceptaven que estiguera cansada, sempre havia d'estar fent alguna cosa. Si ja n'havia acabat una, la senyora me'n donava més. Llavar, fregar, servir… Tenia l'esquena destrossada i les mans em cremaven, totes inflades i roges.

Recordava les mans delicades de la senyora Djamila, suaus, les ungles polides i brillants. També pensava en la meua amiga Abeer, que no volia mirar-se les mans de tan lletges que eren i sentia vergonya i les amagava.

Tot i això, el meu treball mai estava ben fet. Encara que netejava tan bé com podia, mai ningú em va dir que ho havia fet bé. Ara, si m'endarreria a parar taula, encara que fóra perquè estava fent una altra cosa que m'havien manat abans, m'insultaven i m'escridassaven.

—Pague uns bons diners per tu i no fas res per guanyar-te'ls!!! —exclamava la senyora.

Em va donar uns draps vells per a vestir-me. I només em podia dutxar dues voltes la setmana, perquè no hi havia molta aigua. De vegades, quan estava netejant, em veia en el reflex dels vidres, tan lletja.

Les altres xiquetes de la casa sempre anaven netes i amb roba nova. Hi havia dos xiquets i dues xiquetes com jo. Anaven tots a escola, però no sabia què és el que hi aprenien, no em parlaven mai, ni em miraven. Quan venien els convidats els diumenges, tampoc em saludaven. De vegades pensava que era transparent. Els gossos eren els únics que em saludaven.

Només em deixaven eixir dues vegades la setmana, a acompanyar la senyora per a fer la compra. Quan eixien tots, em tancaven amb pany i clau a la casa. No parlava amb ningú, i ningú em parlava si no era per a donar-me ordres.

La casa tenia una escala que no s'acabava mai, cada graó es feia més gran que l'altre. Tancava els ulls i era com si em caigueren al damunt. Em feia mal tot el cos. Feia calor però tenia fred, les mans em cremaven, els ulls em cremaven, però havia de netejar bé cada racó de cada graó; si no, la senyora em pegava.

No havia vist el meu pare, ni la seua dona ni els meus germans des que vaig eixir del poble en aquella camioneta desgavellada. Ningú mai em va buscar, ningú es va preocupar per mi. Ni tan sols en festes havien aparegut o enviat algú del poble.

No tenia més família. Enyorava la Zahra i la seua àvia. Fins i tot enyorava, encara que semblara impossible, la senyora Fàtima.

Però qui més enyorava era el Khalid. De vegades m'escapava un instant i pujava al terrat i cridava una vegada i una altra el seu nom. Estava convençuda que un dia vindria a rescatar-me ben igual que ho va ver aquell dia que caminava perduda pels carrers de Marràqueix.

17

I les dues germanes, que en aquell moment es trobaven soles, es van guardar molt d'explicar la veritat al fill del rei. I es van limitar a dir-li que la seua germana havia eixit un moment i que no havia tornat...

Estava sempre sola, treballava sola, menjava sola, dormia sola. I a mi no m'agradava estar sola. De vegades obria la capsa i parlava amb la meua pedra verda, la que vaig trobar al pati de ma casa el dia que vaig marxar del poble, i li explicava les coses que em passaven. Li confessava que m'agradaria que fóra una pedra màgica i em transformara en una xiqueta que no fóra invisible.

I em posava una mica la polsera, molt de pressa. Això només ho feia de vegades, d'amagatotis, perquè em feia molta por que em sentiren i descobriren la meua capseta. No volia ni pensar-ho. Em sentia com la Ventafocs i de vegades mirava les meues babutxes i pensava com devia acabar aquell conte.

A les nits tancava els ulls i intentava recordar la foto de ma mare amb el seu somriure perpetu de la fotografia. Cada vegada la veia amb menys nitidesa, i això em feia venir ganes de plorar.

Si oblidava ma mare, era com si una part important de mi desapareguera. I em preguntava què passaria quan m'oblidara de mi mateixa. Desapareixeria per sempre més, perquè si ni jo aconseguia recordar-me, qui ho faria?

«Me'n vaig. No sé on, no vull treballar en una altra casa d'aquestes, no sé què fer, però d'aquesta casa me'n vaig», em repetia mentre fregava i fregava. Només volia que tot això acabara.

I de sobte vaig sentir una música dolça, sonava un piano. Com per art d'encanteri vaig pujar l'escala fins al terrat, abduïda per aquella bella melodia. Vaig recórrer els terrats com em va ensenyar el meu amic Khalid, fins que vaig poder veure d'on brollaven les notes d'aquell piano que em transportaven a la casa de nines de fusta de color blau cel de la Zahra.

Em trobava submergida una altra vegada en el món de les miniatures i m'imaginava una vegada més que jo mateixa era un dels personatges que habitaven aquella petita casa. Deslliurada d'aquella roba vella, abillada amb un vestit victorià imaginari, com una nina sense ànima, mirava entre les finestres d'aquell món totalment màgic per a mi, on la inventiva no tenia límits.

Mirava entre les finestres i podia veure l'escuradeta col·locada perfectament a les prestatgeries i a la taula de fusta un suculent pastís d'ametles. M'endinsava a la casa, pujava els graons de l'elegant escala que em portava fins a les golfes. Les vidrieres de colors, les càlides xemeneies i els racons acollidors em convidaven a gaudir d'un bon te ben calent acompanyat de les notes musicals que brollaven del piano de la sala d'estar. El tocava una dona grassoneta de cabells arrissats recollits amb un passador, ulleres de miop, sabates de mig taló i un vestit de flors cridaneres.

Sobre el piano tenia un munt de fotografies. Una de molt petita posada dins un marquet daurat, la d'una dona amb un somriure perpetu i uns ulls verds d'oliva que semblava que em miraven i em vetlaven cada nit.

De sobte vaig despertar de la meua follia i ho vaig veure tot clar. Era la fotografia de ma mare i aquella era la professora Khalima tocant el piano!

De colp, les notes van deixar de sonar i la professora va desaparéixer. Era el moment, tal com m'havia ensenyat el meu amic Khalid, només havia d'entrar per la finestra, agafar la foto i marxar corrent.

Això no era cap robatori, la foto era meua, no em podien tancar a la presó per sempre, o potser sí, però la vida a la presó no podia ser tan diferent de la que jo vivia en aquella casa. M'havia d'arriscar.

Em vaig armar de valor i sense pensar-m'ho dues vegades ja era dins la casa. Em vaig quedar uns instants contemplant aquella fotografia que

tant havia anhelat, quan de sobte vaig sentir un soroll. Era la professora Khalima, que tornava a l'habitació del piano. Vaig agafar la fotografia i em vaig escapolir ràpidament per la finestra, tan veloç que en la meua precipitació per fugir vaig perdre, en córrer, la babutxa del meu peu esquerre pel camí. I no vaig advertir la pèrdua de tan nerviosa com estava.

Vaig córrer i córrer pels terrats fins a trobar-me una altra vegada a recer, amb el poal de fregar el terra, la interminable escala i el drap de la pols, sense la babutxa del meu peu esquerre, amb la foto de ma mare a la butxaca i un somriure als llavis. Feia tant de temps que no somreia que pensava que me n'havia oblidat. Potser era cert i havia recordat com es feia veient el seu somriure perpetu. Ara aquells ulls verds d'oliva que semblava que em miraven em tornarien a vetlar cada nit.

18

I el fill del rei, veient que no apareixia, va fer indagacions per tota la ciutat i tot el regne. Però les indagacions no van donar resultat. I la desaparició de la jove el va sumir en la pena i l'amargor. I heus ací el desolat fill del rei, consumit d'amor!

Un dia van trucar a la porta. Vaig mirar per la finestra. Eren dues dones. Vaig reconéixer la senyora Fàtima acompanyada de la professora Khalima. Estava espantada, no volia que m'acusaren de lladre, jo només volia la fotografia de ma mare. Potser era pel marc, jo no el volia però amb les preses no em va donar temps de traure'l i deixar-lo sobre el piano.

No em va caldre que la senyora em fera el senyal que feia als gossos perquè m'amagara a la cuina. Tenia por i vergonya per com anava vestida, amb parracs, una sola babutxa, el peu esquerre descalç i amb un mocador blanc al cap.

Van parlar amb la senyora al menjador. Jo tremolava com la fulla a l'arbre, cada vegada més a mesura que les dues dones s'acostaven cap a la cuina. Intentava traure la fotografia del marc, però amb els nervis i la por estava maldestra, tant que em va caure el marc a terra i el vidre es va fer en mil trossos. Ara sí que havia begut oli. Les llàgrimes em regalimaven per la cara sense apartar la mirada dels ulls de la meua mare, amb l'esperança que ella ho solucionaria.

—Ens n'anem! —em va dir la senyora Fàtima mentre la professora Khalima somreia amb complicitat.

—On? —vaig preguntar amb un fil de veu, tement que la meua propera casa fóra la presó.

—Tornes amb la senyora Djamila!

—Amb la senyora Djamila? —vaig repetir, posant-me molt pàl·lida i sense poder respirar a causa de l'emoció.

No entenia res. Amb el braç estirat li lliurava el marc amb el vidre trencat amb foto i tot a la professora.

—És que no hi vols anar? —em va preguntar.

—Oh, sí! Sí que hi vull anar —vaig poder finalment articular unes poques paraules, i aquesta vegada em vaig posar roja com una tomaca.

No m'ho podia creure! La meua agitació era tan gran que ja no sabia si estava desperta o si somiava. Vaig tenir moltes ganes d'abraçar-les i em vaig llançar als seus braços.

La professora Khalima em va fer seure i em
va calçar al meu peu esquerre amb molta cura la babutxa que vaig deixar oblidada a sa casa. En aquell mateix instant em vaig sentir com la veritable Ventafocs.

En eixir, em van explicar que em portaven de tornada a casa la senyora Djamila, que s'havia traslladat a viure amb la Zahra, que aquesta dona em volia molt, com una néta. Aleshores em vaig posar a plorar i em van abraçar una altra vegada.

Per més que m'esforçava no comprenia res. Em van explicar que l'àvia Djamila no havia deixat de buscar-me des que va eixir de l'hospital.

Sempre em recordava, parlava de mi, desitjava molt que tornara a viure a amb ella.

La professora Khalima, en veure que l'única cosa que faltava a sa casa era la fotografia de ma mare, va lligar caps i va anar a parlar amb ella. Totes dues van buscar la senyora Fàtima.

La senyora Fàtima em va somriure, no l'havia vista mai fer-ho. Jo també vaig somriure, va ser una cosa estranya. Vaig estrényer amb força la fotografia de ma mare contra el meu pit tot el camí de tornada a la meua nova llar amb la meua nova família.

19

Quant a la tórtora, cada matí i cada vesprada anava a posar-se a la finestra del seu jove espòs i cantava amb veu melangiosa durant molta estona, molta estona! Al fill del rei li semblava que aquell cant responia a la seua pròpia tristesa, i li va prendre gran afecte. I un dia, en veure que ella no s'espantava encara que se li acostara, va allargar la mà i la va atrapar.

I la tórtora es va posar a tremolar entre les seues mans, sense deixar de cantar tristament. I ell la va acariciar amb delicadesa, li va allisar les plomes i li va rascar el cabet. I vet ací que, en gratar el cap, va sentir sota els dits uns petits objectes durs com caps d'agulla. I els va extraure del monyo delicadament, l'un darrere l'altre. I quan li va traure l'última agulla, la tórtora va fer una sacsejada i de nou es va convertir en la jove.

Continue sense ser la xica de ningú, encara que el Khalid diga que sóc la seua xicota, ni sóc l'ama del corral, ni del carrer, ni de la figuera, ni de la parra, ni tampoc de la flor del taronger.

Tampoc sóc la *petite poupée* de ningú. Però ja sé llegir. Dues vegades la setmana vaig a un curs d'alfabetització. La professora Khalima s'ha sorprés gratament, em diu que aprenc molt de pressa. Ja sé escriure també. Un nou món s'ha obert al meu davant ara que les negres lletres s'han transformat a poc a poc en objectes i en personatges. I formen relats apassionants.

Visc i treballe a casa l'àvia Djamila. Però ara tot és distint, tinc un compte al banc, que em va obrir la senyora, on cada mes m'ingressa 300 dírhams. Ja no vaig tot el dia cansada ni tinc les mans destrossades, tot i que no les tinc boniques i de vegades les amague com feia la meua amiga Abeer. Fa molt de temps que no sé res d'ella. Potser ha tingut sort i l'ha adoptada una nova família i ara va a escola i juga al parc amb les altres les xiquetes. Treballe menys hores i tinc un dia de descans per setmana.

I sé la meua edat, aviat faré tretze anys. Podria comptar fins a l'infinit en francés ara, si volguera. Però no cal que ho faça.

Fa poc va venir a veure'm mon pare. Va ser una mica estrany, no teníem molt a dir-nos. No he regressat mai més al poble, encara que m'agradaria molt tornar a veure la Nora, la dona de mon pare, i els meus germans. Per a mi, aquell indret continua sent el paradís i la llar del meu poble amazic, els senyors i els dominadors de les muntanyes i del Sàhara del Magrib, la terra dels homes lliures.

Intente no oblidar la meua llengua i la practique sempre que puc amb el Khalid, tot i que ara la llengua que més parle és el francés a casa la senyora Djamila i l'àrab quan vaig a comprar.

Ara quan em mire als espills em trobe bonica, vaig ben vestida, tota de marró, ja no vaig de color lila, em maquille els ulls amb henna. L'àvia Djamila m'ha regalat un anell de plata i amb la pedra verda que vaig trobar al pati de ma casa el dia que vaig marxar del poble m'he fet un penjoll.

I ja sé com acaba el conte de la Ventafocs! M'ha decebut, no m'ho podia creure! Tantes peripècies per a acabar casant-se amb el príncep. Jo em pensava que aconseguia alliberar-se d'aquella malvada madrastra, i del poal i del drap de la pols, i que se n'aniria a córrer món i estudiaria i es faria professora i tocaria el piano. Jo quan siga gran vull ser professora.

Encara ara continue buscant una altra versió de la Ventafocs que acabe millor. Estic convençuda que n'hi deu haver una en algun indret,

que tot i que diga com en totes que van viure feliços i van menjar anissos, també ens explique, com repeteix sempre l'àvia Djamila quan ens relata els bells contes de *Les mil i una nits* una frase de Xahrazad: «les penes no duren, tal com s'esvaneixen els goigs, les penes s'esfumen».

20

I el rei va manar engalanar la ciutat com mai s'havia fet, va decretar trenta dies de festa durant els quals els tambors no van parar de redoblar ni els instruments musicals de sonar.

Tot el reialme va gaudir de pau i benestar per sempre més.

Ací acaba aquest llibre
escrit, il·lustrat, dissenyat, editat, imprés
per persones que estimen els llibres.
Ací acaba aquest llibre que tu has llegit,
el llibre que ja ets.